AF305868

VENTE
du Jeudi 30 Novembre 1882
HOTEL DROUOT, SALLE N° 8
A DEUX HEURES 1/2.

TABLEAUX
MODERNES
AQUARELLES
DESSINS ANCIENS ET MODERNES

COMMISSAIRE-PRISEUR	EXPERT
Mᵉ Georges BOULLAND	**M. BRAME**
26, rue des Petits-Champs.	36, Bd des Italiens, et rue Taitbout, 47.

EXPOSITIONS

PARTICULIÈRE	PUBLIQUE
Le Mardi 28 Novembre 1882	Le Mercredi 29 Novembre 1882

De 1 heure 1/2 à 5 heures 1/2.

IMPRIMERIE DE L'ART

CATALOGUE

DE

TABLEAUX MODERNES

AQUARELLES

DESSINS ANCIENS ET MODERNES

PROVENANT EN GRANDE PARTIE

De la Collection de M. M***

ET DONT LA VENTE AURA LIEU

HOTEL DROUOT, SALLE N° 8

Le Jeudi 30 Novembre 1882, à deux heures et demie

COMMISSAIRE-PRISEUR	EXPERT
M° GEORGES BOULLAND	M. BRAME
26, rue des Petits-Champs, 26	96, Bd des Italiens, et rue Taitbout, 47

EXPOSITIONS

PARTICULIÈRE	PUBLIQUE
Le Mardi 28 Novembre	Le Mercredi 29 Novembre

DE UNE HEURE ET DEMIE A CINQ HEURES ET DEMIE

CONDITIONS DE LA VENTE

Elle sera faite au comptant.

Les adjudicataires payeront *cinq pour cent* en sus des enchères.

Paris. — IMPRIMERIE DE L'ART, J. Rouam, imprimeur-éditeur, 41, rue de la Victoire.

TABLEAUX

DÉSIGNATION

ANASTASI

(A.)

1 — *Paysage.*

Haut., 13 cent.; larg., 24 cent.

ANTIGNA

2 — *Tête de jeune fille.*

Cadre ovale.

Haut., 54 cent.; larg., 44 cent.

ARY-SCHEFFER

3 — *Au chevet d'un enfant.*

Haut., 36 cent.; larg., 44 cent.

BARRIAS

4 — *La Naissance.*

Haut., 28 cent.; larg., 21 cent.

BOULARD

5 — *Les Cerises.*

Haut., 28 cent.; larg., 45 cent.

BOUQUET

6 — *Paysage.*

Pastel.

COROT

7 — *La Chaumière.*

Haut., 24 cent.; larg., 33 cent.

COROT

8 — *Château-Thierry.*

Haut., 23 cent.; larg., 27 cent.

COROT

9 — *Vue sur un canal.*

Haut., 51 cent.; larg., 90 cent.

COROT

10 — *Paysage.*

Étude.

Haut., 31 cent.; larg., 48 cent.

COROT

11 — *Saint-Lô.*

Haut., 44 cent.; larg., 62 cent.

COURBET

11 *bis* — *Paysage. Cours d'eau.*

Haut., 38 cent.; larg., 58 cent.

D'ANTAN
(J. E.)

12 — *Le Sculpteur.*

Haut., 21 cent.; larg., 21 cent.

DAUBIGNY

13 — *Environs d'Auvers.*

Paysage.

Haut., 21 cent.; larg., 15 cent.

DAUBIGNY

14 — *Hauteurs de Villerville.*

Haut., 24 cent.; larg., 50 cent.

DIAZ

(N.)

15 — *Forêt de Fontainebleau.*

Étude.

Haut., 54 cent.; larg., 67 cent.

DIAZ

(N.)

16 — *Étude. Sous bois.*

Haut., 42 cent.; larg., 31 cent.

DIAZ

(N.)

17 — *Étude de rochers.*

Inachevée.

Haut., 30 cent.; larg., 41 cent.

FORTUNY

18 — *Étude de tapis.*

Haut., 51 cent.; larg., 34 cent.

FROMENTIN

18 *bis* — *A la Fontaine.*

Haut., 40 cent.; larg., 31 cent.

GAUTHIER-BODMER

(Th.)

19 — *Forêt de Fontainebleau.*

Haut., 51 cent.; larg., 69 cent.

GUDIN

(Th.)

20 — *Marine.*

Haut., 25 cent.; larg., 32 cent.

GUDIN

(Th.)

21 — *Paysage.*

Haut., 25 cent.; larg., 31 cent.

GUDIN

(Tʜ.)

22 — *Marine.*

Haut., 23 cent. 1/2.; larg. 34 cent.

ÉCOLE MODERNE

23 — *Femme couchée.*

Haut., 33 cent.; larg., 57 cent.

JONGKIND

24 — *Vue de Notre-Dame de Paris.*

Haut., 40 cent.; larg., 55 cent.

LANFANT (DE METZ)

25 — *Le Travail.*

Haut., 34 cent.; larg., 26 cent.

LAURENS

26 — *Fleurs de giroflées.*

> Haut., 54 cent.; larg., 45 cent.

MILLET
(J. F.)

27 — *Roches et Pommiers.*

> Haut., 49 cent.; larg., 60 cent.

PARISY

28 — *La Table du peintre.*

> Haut., 44 cent.; larg., 54 cent.

PARISY

29 — *La Cuisine.*

> Haut., 44 cent.; larg., 54 cent.

PERBOYRE

30 — *Les Grandes Manœuvres.*

Haut., 34 cent.; larg., 19 cent.

PETIT

(E.)

31 — *Fleurs.*

Haut., 63 cent.; larg., 39 cent.

PETIT

32 — *Pivoines.*

Haut., 93 cent.; larg., 72 cent.

PETIT

(E.)

33 — *Fleurs et fruits.*

Haut., 64 cent.; larg., 52 cent.

**

REYNAUD

34 — *Vue de Naples.*

Haut., 65 cent.; larg., 87 cent.

RICHET

35 — *Paysage.*

Haut., 30 cent.; larg., 49 cent.

RICHTER

36 — *Entre domestiques.*

Haut., 98 cent.; larg., 77 cent.

ROYBET

37 — *Seigneur, Louis XIII.*

Haut., 38 cent.; larg., 29 cent.

ROYBET

38 — *Tête d'enfant.*

Haut., 46 cent.; larg., 37 cent.

WINCELET

39 — *Fleurs.*

Haut., 45 cent.; larg., 40 cent..

ZIEM

40 — *Les Lagunes.*

Haut., 68 cent.; larg., 1 m. 11 cent..

AQUARELLES

ET

DESSINS

DÉSIGNATION

BOISSIEU

(E.)

45 — *Le Porc.*

CHARLEMONT

(E.)

46 — *Tête Louis XIII.*

Dessin à la plume.

DAUBIGNY

47 — *Étude de vaches.*

Au crayon rouge.

DAUBIGNY

48 — *Étude de fruits.*

DAUBIGNY

49 — *Étude au fusain.*

DAUBIGNY

50 — *Rochers.*

  Dessin au crayon.

DAUBIGNY

51 — *Dessin au fusain.*

DAUBIGNY

52 — *Paysage et Cavalier.*

  Sanguine.

DAUBIGNY

53 — *Paysage.*

  Sanguine.

DAUBIGNY

54 — *Paysage.*

  Dessin au crayon.

DECAMPS

55 — *Italienne.*

Dessin au crayon.

GAVARNI

56 — *La Soubrette.*

Aquarelle.

GAVARNI

57 — *La Pensée.*

Aquarelle.

GAVARNI

58 — *Le Printemps.*

Aquarelle.

GAVARNI

59 — *Femme et Enfant turcs.*

GAVARNI

60 — *Étude de Femme.*

Aquarelle.

GUILLON

(A.)

61 — *Dessin au fusain.*

JACQUEMART

62 — *Fleurs de magnolia.*

MAZEROLLE

63 — *Étude de plafond.*

MIDOIN

64 — *Paysage.*

Aquarelle.

MILLET

(J. F.)

65 — *Les Chercheurs de truffes.*

MILLET

(J. F.)

66 — *Son Portrait. Jeune homme.*

MILLET

(J. F.)

67 — *Four de Diane.*

MILLET

(J. F.)

68 — *Les Couturières.*

Dessin à la plume.

MILLET
(J. B.)

69 — *Bords de la Seine.*

Aquarelle.

MILLET
(J. B.)

70 — *Le Jardin.*

Aquarelle.

MILLET
(J. B.)

71 — *Le Déjeuner.*

Dessin encre de Chine.

MILLET
(J. B.)

72 — *Pâturage; moutons.*

Aquarelle.

MILLET

(J. B.)

73 — *Paysage.*

Aquarelle.

MILLET

(J. B.)

74 — *Paysage.*

Aquarelle.

MILLET

(J. B.)

75 — *Un Dessert.*

Dessin.

MILLET

(J. B.)

76 — *Meule de paille.*

Aquarelle.

PELLETIER
(L.)

77 — *Vue d'Italie.*

Aquarelle.

PELLETIER
(L.)

78 — *Roches et sous bois.*

Aquarelle.

ROUSSEAU
(Th.)

79 — *Dessin à la plume.*

ROUSSEAU
(Th.)

80 — *Le Village.*

Dessin à la plume.

Haut., 19 cent.; larg., 28 cent.

ROUSSEAU
(Th.)

81 — *Barbizon.*

Étude au pastel.

Haut., 13 cent.; larg., 20 cent.

ROUSSEAU
(Th.)

82 — *Barbizon.*

Dessin au crayon.

VOILEMONT

83 — *Sept dessins à la plume.*

WORMS

84 — *Enfant de Paris.*

Dessin au crayon.

Dessins anciens et modernes et gravures anglaises et françaises et lithographies vendus par lots.

www.ingramcontent.com/pod-product-compliance
Ingram Content Group UK Ltd.
Pitfield, Milton Keynes, MK11 3LW, UK
UKHW031725170726
13836UKWH00001B/430